9 Décembre 1882

CATALOGUE

DES

OBJETS DE VITRINE

BIJOUX, BOITES, MONTRES

INSTRUMENTS D'ASTRONOMIE, MATIÈRES DURES, MINIATURES

CURIOSITÉS DIVERSES

Bois sculptés — Fers — Cuivres — Bronzes

PORCELAINES

De Sèvres, — Saxe, — Chine, — Japon

FAIENCES

Cadres sculptés. — Tapis. — Tableaux

DONT LA VENTE AURA LIEU

HOTEL DROUOT, SALLE N° 7

Samedi 9 Décembre 1882, à 2 heures précises

Me TUAL	M. GEORGE
COMMISSAIRE-PRISEUR	EXPERT
39, rue de la Victoire, 39	12, rue Laffitte, 12

EXPOSITION PUBLIQUE

Le Vendredi 8 Décembre 1882

CONDITIONS DE LA VENTE

Elle sera faite au comptant.

Les Acquéreurs paieront CINQ POUR CENT en sus des enchères, applicables aux frais de vente.

L'exposition mettant le public à même de se rendre compte de l'état des objets, il ne sera admis aucune réclamation une fois l'adjudication prononcée.

PARIS. IMPRIMERIE DE L'ART, J. ROUAM, 41, RUE DE LA VICTOIRE.

DÉSIGNATION DES OBJETS

1 — Jolie plaque en Sèvres offrant au centre un médaillon rapporté en biscuit, portrait de Louis XVI.

2 — Deux verrières ovales vieux Sèvres, pâte tendre
décorée à festons de fleurs, rubans jaunes et filets
bleus.

3 — Sucrier ovale vieux Sèvres pâte tendre, guirlandes
en camaïeu rose.

4 — Pot à eau de jolie forme, Sèvres tendre, à rehauts
d'or.

5 — Petit vase à couvercle, pâte tendre bleu de roi,
monture en bronze.

6 — Cabaret solitaire. Sèvres, pâte tendre, décor guirlandes de fleurs et rubans bleus, trois pièces et un
plateau triangulaire.

7 — Deux potiches en vieux Chine, à personnages, famille rose.

8 — Bouteille vieux Chine, fond turquoise, craquelé.

9 — Écuelle vieux Saxe, décor sujets flamands.

10 — Autre, décor à fleurs.

11 — Cerf en vieux Saxe, sur terrasse en bronze.

12 — Figurine, Vulcain, en Louisbourg.

13 — Quatre bustes. Les Saisons. Nymphenbourg.

14 -- Une pendule rocaille à figurines, vieux Vienne.

15 — Un chat, porcelaine de Vienne.

16 — Une figurine, la Marchande, en Vienne, et un chien couché, en Nymphenbourg.

17 — Bœuf couché, porcelaine de Chine.

18 — Perroquet Chine, émail vert.

19 — Deux pendants d'oreilles et boutons de manchette en strass.

20 — Une bague.

21 — Deux statuettes en bronze Louis XIV.

22 — Deux appliques en bronze, style Louis XV.

23 — Deux flambeaux Louis XVI.

24 — Deux petits cadres ovales, bronzes ciselés et dorés.

25 — Un lot d'ornements de meubles en cuivre.

26 — Jardinière en émail cloisonné de la Chine.

27 — Bracelet indien, or émaillé, et vingt-quatre brillants tables.

28 — Deux salières, forme coupes, en émail, guirlandes sur fond rose Dubarry.

29 — Une miniature, portrait d'enfant.

30 — Trois médaillons ivoire découpé, cadres filigrane.

31 — Un médaillon, cadre en cuivre.

32 — Trois petites peintures, vernis Martin.

33 — Une plaque en ivoire gravé sur ses deux faces.

34 — Une petite poire à poudre finement gravée (1724).

35 — Grande pendule avec socle marqueterie de cuivre.

36 — Plusieurs lots d'étoffes orientales.

37 à 51 — Quinze tableaux anciens et modernes.

52 — Un pot à deux anses en faïence italienne.

53 — Trembleuse en faïence de Castelli.

54 — Deux assiettes en Delft, montées en appliques.

55 — Potiche et bouteille en faïence de Delft.

56 — Plaque en faïence de Delft.

57 — Grand bol persan.

58 — Deux narghilés en porcelaine de Perse.

59 — Deux grands plats en porcelaine du Japon.

60 — Cinq pommes de cannes en pâte tendre de Saint-Cloud.

61 — Boîte en émail de Saxe.

62 — Petite boîte ovale en argent, écaille et dessus nacré.

63 — Petit cabinet Louis XIII en bois noir.

64 — Table forme haricot en merisier.

65 — Serrure style Louis XIV.

66 — Trois plats en cuivre repoussé.

67 — Petite pendule Louis XIV, en boule.

68 — Deux grandes portières orientales.

69 — Assiette en Sèvres pâte tendre, décorée d'oiseaux et de guirlandes de fleurs.

70 — Tasse à bouillon, à anses et couvercle, en porcelaine de Paris.

71 — Six assiettes en porcelaine de Locré.

72 — Six assiettes en porcelaine de Monsieur.

73 — Deux tasses avec soucoupes, en porcelaine de Locré.

74 — Une noix en ancienne porcelaine de Mennecy.

75 — Sous ce numéro, plusieurs vases en porcelaine du Japon.

76 — Plat rond en porcelaine de Chine, famille verte.

77 — Deux théières en terre de Bocaro.

78 — Un Christ en faïence de Rouen.

79 — Grand plat en pâte tendre de Tournay.

80 — Cache-pot bleu turquoise en porcelaine, de J. Petit.

81 — Un plateau en faïence de Rouen.

82 — Six assiettes Chine, famille rose.

83 — Deux assiettes Chine, famille verte.

84 — Trois potiches faïence de Delft.

85 — Deux vases vieux Japon.

86 — Un plat Chine, famille rose.

87 — Une paire d'appliques en cuivre.

88 — Une paire de potiches vieux Chine.

89 — Un vase Chine.

90 à 92 — Trois tapis d'Orient.

93 — Une monture de vase en bronze.

94 — Une chape en soie.

95 — Bas-relief en cire.

96 — Petit cartel en bronze, à sonnerie.

97 — Blason en bronze.

98 — Trois cadres sculptés.

99 — Une assiette Milan.

100 à 103 — Boussole et instruments d'astronomie en cuivre, des XVI° et XVII° siècles.

104 — Deux petits modèles de pistolets à rouet.

105 — Couteau à manche d'ivoire Louis XIV, lame gravée.

106 — Boite en cuivre laqué et burgauté.

107 — Une clef de chambellan, en bronze doré.

108 — Un collier allemand en argent doré, repercé.

109 — Plaque en ancien émail de Limoges.

110 — Plaque en émail (Portement de croix).

111 — Une montre Louis XVI en or émaillé.

112 — Un miroir, cadre sculpté Louis XV.

113 — Un cadre Louis XIV.

114 — Un volume, *Traité d'astronomie*.

115 — Petit lustre flamand en cuivre.

116 — Grand devant d'autel au petit point.

117 — Deux médailles en bronze.

118 — Chaise ancienne en bois sculpté.

119 — Costumes allemands.

120 — Petite assiette en étain du xvi⁰ siècle.

121 — Miniature, portrait de petite fille.

122 — Deux petites cruches à anses en porcelaine et faïence.

123 — Porte-couteau asperge, en Saxe.

124 — Petit vitrail.

125 — Quatre bras de mur en fer.

126 — Buire à surprise en verre de Bohême gravé.

127 — Deux assiettes et une aiguière en étain.

128 — Heurtoir en fer forgé du xvie siècle.

129 — Cariatide en bois sculpté et peint.

130 — Deux cadres en bois sculpté, Louis XV.

131 — Tabatière Louis XV en agate, monture en argent.

132 — Boîte en argent et agate, couvercle orné d'un médaillon en nacre.

133 — Boîte ronde en écaille incrustée d'ornements en argent.

134 — Boîte Louis XIV, ornée d'argent et de nacre.

135 — Une paire de boucles d'oreilles, or et grenats. — Boucles et broches en argent et menus bijoux sous ce numéro.

136 — Carnet en écaille incrusté d'ornements en or.

137 — Petit buste de faune en marbre vert antique.

138 — Un lot de jade et agate.

139 — Un lot d'agates herborisées et cornalines.

140 — Un lot de cachets en cuivre.

141 — Un lot d'ornements, garde et clefs en fer ciselé.

142 — Un lot de quatre pièces, deux petits vases chinois en cuivre: une plaque en cuivre gravé et un étui à ciseaux en nacre.

143 — Un lot d'étuis en galuchat et une paire de pantoufles chinoises de poupée.

144 — Un lot de cinq pièces : couteau et cuiller en bois, deux étuis en bois et ivoire, une lanterne de poche.

145 — Trois peintures sur parchemin.

146 — Livre d'heures, manuscrit sur parchemin, encadrements et lettres ornées.

147 — Brevet d'armoirie, manuscrit sur vélin avec blason à la miniature.

148 — Petit diptyque en ivoire sculpté.

149 — Agrafe de chape en cuivre ciselé et ajouré.

150 — Deux bracelets arabes en métal argenté.

151 — Mortier et pilon en marbre.

152 — Chibouks en ambre.

153 — Petits ustensiles de ménage de poupée en argent, travail hollandais.

154 — Lot de colliers en agate et en pierre.

155 — Reliquaire en argent, style Louis XIII.

156 — Une massue et une flûte de Pan, en argent.

157 — Sept pièces, cristal de roche, cuivre et nacre.

158 — Onze camées divers.

159 — Deux paires de boucles d'oreilles en argent, forme boucles.

160 — Quatorze bagues en or à camées et pierres gravées.

161 — Couteau et fourchette à manches en cuivre, Louis XIV.

162 — Six pièces japonaises, neské, masques, etc., en ivoire et bois sculptés.

163 — Vierge russe dans un cadre en argent ciselé, époque Louis XIII.

164 — Treize petits émaux.

165 — Boite ronde en bois sculpté, travail lorrain.

166 — Deux boites, ivoire et bois.

167 — Deux boites non montées en matières dures.

168 — Vierge et Enfant Jésus en bois sculpté.

169 — Montre Louis XVI ornée d'un émail.

170 — Petite montre en or à remontoir.

171 — Petit tonneau en ivoire renfermant une montre.

172 — Croix en cuivre émaillé.

173 — Petit vase à couvercle, formé d'une noix de coco gravée, monture en argent.

174 — Montre de voyage dans son écrin.

175 — Timbale en argent, travail russe, et une cuiller.

176 — Sept pièces en argent : coquetiers, coupes.

177 — Un lot de boutons en filigrane.

178 — Environ quarante-trois bagues sous ce numéro.

179 — Six cachets breloques en cuivre et pierres gravées.

180 — Un lot de débris d'argent.

181 — Quatre pièces : sceaux, dont un en argent, et deux images saintes, travail russe.

182 — Un lot de colliers, d'amulettes et figurines funéraires égyptiennes en terre émaillée.

www.ingramcontent.com/pod-product-compliance
Lightning Source LLC
LaVergne TN
LVHW010848180726
843502LV00009B/3765